A Luigina y Ernesto
A.S.

A mis abuelos
A.M.R.

En casa de mis abuelos

Arianna Squilloni | Alba Marina Rivera

Ediciones Ekaré

Eso que ves era el bastón de mi abuelo.

Y ese era mi abuelo, siempre afanado y renqueante.

El bastón seguía a mi abuelo a todas partes, eran amigos inseparables.

A mi abuelo, en cambio, le gustaba seguir a mi abuela.

Los dos se las ingeniaban para usar las cosas de una forma curiosa.
Así como mi abuelo esgrimía su bastón, mi abuela tenía sus medias.

Las medias de mi abuela eran el hilo mágico que los tenía unidos a ellos y a todas las cosas de la casa.

Las medias de mi abuela eran la solución para muchos problemas, pero no para todos.

La lluvia vivía prácticamente en casa y, cuando las nubes tomaban el cielo,
ni el bastón ni las medias podían hacer mucho para bloquear las goteras. Con el *clan clinc clunc* de las gotas,
parecía como si una orquesta estuviera tocando en el comedor.

Todos los veranos mi primo y yo íbamos a casa de los abuelos.

Si el bastón y las medias ayudaban a los abuelos, a nosotros nos divertían.

¡Había tantas cosas que hacer que nos faltaban manos!

El último verano que pasamos allí nos volvimos pintores. Se había caído un cobertizo
de delgadas tejas de pizarra que estaba cerca de la casa. Pasamos las tardes de ese verano
pintando las tejas con témpera bajo la atenta mirada de las gallinas.

Al final del verano guardamos nuestras pinturas en una caja, nos despedimos y cada uno volvió a su casa.

Como iba diciendo,

ese era el bastón de mi abuelo.

Y ahí está mi abuelo cubriendo el techo de su casa con las tejas de pizarra coloreadas para darle una sorpresa a la abuela.

Tenía que hacerlo muy deprisa para que ella no lo viera y para acabar
antes de que llegasen las primeras lluvias de otoño.

Fue así como mi abuela pasó las largas tardes de ese invierno
acompañada por el recuerdo de las risas y los juegos del verano.

Porque en la casa de mis abuelos, en las sombras del invierno...

... llovieron colores.

Arianna Squilloni nació en Milán en 1976 donde estudió filología griega y latina. Desde hace nueve años vive en Mataró, en la costa catalana. Dedica mucho tiempo a curiosear libros de todo tipo porque las palabras y las imágenes le fascinan. Edita libros para niños, imparte cursos de edición y de escritura y, de vez en cuando, escribe artículos y reseñas para revistas especializadas en libros para niños.

Alba Marina Rivera nació en Rusia en 1974. Vivió en Cuba donde se formó como artista. Estudió ilustración en la Escola Massana de Barcelona donde vive actualmente. Ha publicado dos libros con Ediciones Ekaré, El contador de cuentos que obtuvo el premio Junceda y el Bologna Ragazzi New Horizons de la Feria del Libro de Bolonia 2009 y ¡Vamos a ver a papá!

EDICIONES
ekaré

Edición a cargo de María Cecilia Silva-Díaz
Dirección de arte y diseño: Irene Savino

Edif. Banco del Libro, Av. Luís Roche, Altamira Sur
Caracas 1060, Venezuela

C/ Sant Agusti 6, bajos. 08012 Barcelona, España

www.ekare.com

ISBN 978-84-938429-4-9

Impreso en China por South China Printing Co. Ltd.